Bouffémont 23 Mai

V

VENTE APRÈS DÉCÈS

Les 23, 24 et 25 Mai 1886, à 2 heures

AU CHATEAU DE BOUFFÉMONT

PRÈS ERMONT (SEINE-ET-OISE)

COLLECTION VALLÉE

TRÈS BEAU

MOBILIER ANCIEN

OBJETS D'ART

TABLEAUX — TAPISSERIES

Mᵉ A. QUÉRIOT
NOTAIRE
A Écouen, près Paris

M. A. BLOCHE
EXPERT
A Paris, 23, rue Chauchat

EXPOSITIONS

PARTICULIÈRE
Les Dimanche 16 et Jeudi 20 Mai 1886
De 1 heure à 5 heures.

PUBLIQUE
Le Samedi 22 Mai et chaque Jour
Avant la Vente.

HOMO
NATVRA
IMPRIMERIE DE L'ART

CATALOGUE

D'UN

TRÈS BEAU MOBILIER

XVIe ET XVIIIe SIÈCLES

Meubles en bois sculpté et ornés de bronzes dorés
Sièges couverts en tapisserie et en broderie

OBJETS D'ART ET DE CURIOSITÉ

Porcelaines de Sèvres, Saxe, Chine et Japon
Faïences françaises, italiennes et hollandaises
Bronzes; Fers ouvrés; Sculptures
Belles Armes et Armures européennes et orientales

TABLEAUX ANCIENS ET MODERNES

Glaces, Tentures, Rideaux

BELLES TAPISSERIES

Le tout formant la Collection de M. VALLÉE

ET GARNISSANT LE

CHATEAU DE BOUFFÉMONT

Près Ermont (Seine-et-Oise)

OU LA VENTE AURA LIEU PAR SUITE DE SON DÉCÈS

Les Dimanche 23, Lundi 24, Mardi 25 Mai 1886

Et jours suivants (s'il y a lieu), à deux heures

Me A. QUÉRIOT	M. A. BLOCHE
NOTAIRE	EXPERT
à Écouen, près Paris.	rue Chauchat, 23, à Paris.

EXPOSITIONS

PARTICULIÈRE	PUBLIQUE
Les Dimanche 16 et Jeudi 20 Mai de 1 h. à 5 h.	**Le Samedi 22 Mai et chaque jour avant la vente.**

Le Catalogue et les Cartes d'invitation pour les Expositions particulières se distribuent chez :

Me A. QUÉRIOT	**M. A. BLOCHE**
NOTAIRE	EXPERT
à Écouen, près Paris.	rue Chauchat, 23, à Paris.

CONDITIONS DE LA VENTE

Elle sera faite expressément au comptant.

Les acquéreurs paieront en sus du prix d'adjudication 10 pour cent applicables aux frais.

Aucune réclamation ne sera admise une fois l'adjudication prononcée, les expositions mettant les amateurs à même de se rendre compte de l'état et de la nature des objets.

MOYENS DE TRANSPORT

Par la ligne de l'Ouest : Stations d'Ermont et d'Enghien.

Par la ligne du Nord : Stations d'Enghien, Montmorency, Ermont, Domont et Montsoult.

Nota. — Un service régulier d'omnibus et de voitures sera organisé à la station d'Ermont à chaque train pour l'aller au château et le retour.

Paris. — Imp. E. MÉNARD et J. AUGRY, 41, rue de la Victoire.

DÉSIGNATION DES OBJETS

PREMIER VESTIBULE

1 — Douze escabeaux en chêne sculpté. Style Renaissance.

2 — Table rectangulaire en chêne sculpté ; dessus en marbre.

3 — Banquette formant coffre en bois sculpté, composée d'anciens panneaux.

4 — Jolie chaise à porteurs du XVIIIe siècle; intérieur garni de velours.

5 — Cloche portant la date de 1637.

6 — Trois petites lanternes en cuivre. Travail ancien.

7 — Porte-allumettes en cuivre.

8 — Petite corbeille en cuivre.

9 — Suspension en cuivre argenté. XVIIe siècle.

10 — Lanterne en cuivre.

11 — Grande armoire en noyer, style flamand. XVIIe siècle.

12 — Huit chaises en bois sculpté, foncées de canne. Louis XIV.

13 — Groupe allégorique en bois sculpté, entouré d'attributs guerriers. Il forme torchère et est élevé sur piédestal.

14 — Lampe d'autel en cuivre repoussé et argenté, formant suspension. XVIIe siècle.

15 — Beau groupe en bois sculpté : *la Mise au tombeau*, élevé sur un socle orné d'un panneau en broderie de jais.

16 — Jolie tapisserie représentant une chasse aux canards.

ESCALIER
ET
ANTICHAMBRE DU PREMIER ÉTAGE

17 — Deux statues en bois sculpté, rehaussées de peinture et de dorure.

18 — Miroir triptyque.

19 — Deux jardinières en faïence. Posées sur gaines en noyer sculpté décorées de guirlandes.

20 — Belle tapisserie de Bruxelles, représentant *le Triomphe de Marc-Aurèle*, avec jolie bordure. XVIIe siècle.

21 — Quatre chaises en bois sculpté, dont deux avec dessus de sièges en cuir.

22 — Lanterne d'antichambre en cuivre.

23 — Console en chêne sculpté; dessus en marbre. Louis XIV.

24 — Deux lampes en porcelaine moderne de Chine.

25 — Joli groupe en marbre blanc : *Vénus et l'Amour*, attribué à FALCONET.

26 — Jeu de toupies hollandaises en palissandre.

27 — Belle chaise à porteurs décorée de guirlandes de fleurs. Époque Louis XV.

PETIT SALON

28 — Jolie pendule de forme dite *religieuse*, en marqueterie de cuivre sur fond d'écaille de l'Inde, ornée de bronzes, élevée sur socle. Louis XIV.

29 — Deux bornes en marqueterie de cuivre sur fond en bois, ornées de bronzes dorés. Époque Louis XIV.

30 — Paire de flambeaux en bronze doré de l'Empire.

31 — Quatre bras d'appliques en bronze doré à deux branches. Époque Louis XVI.

32 — Belle glace avec cadre en bois peint, sculpté et doré. Louis XIV.

33 — Bureau forme à dos d'âne, en bois de palissandre.

34 — Joli petit lustre en bronze. Style Louis XVI.

35 — Belle glace avec cadre à fronton en bois sculpté et doré, représentant des figures d'enfants et des rinceaux. Louis XIV.

36 — Table en noyer sculpté, avec traverse d'entre-jambes, style Louis XVI; dessus en marbre.

TABLEAUX

LOESCHIN

37 — *Mazeppa.*

Signé.

LOESCHIN

38 — *La Chasse fantastique.*

Signé.

TARAVAL

39 — *Baigneuse.*

Joli tableau ovale.

MIGNARD

40 — *Portrait d'une grande dame de la cour.*

Beau tableau.

LOESCHIN

41 — *Scène militaire.*

Signé.

ÉCOLE FRANÇAISE

42 — *Jeune Femme se jetant dans les flots.*

HUET

(Attribué à)

43 — *Petite Bacchanale.*

ÉCOLE FRANÇAISE

44 — *Portrait d'homme.*

ÉCOLE FRANÇAISE

45 — *Paysage.*

ÉCOLE FRANÇAISE

46 — *La Petite Laitière.*

TITIEN

D'après le

47 — *Tableau.*

LESSORE

48 — *Femme et Enfant.*

Signé.

GRAND SALON

49 — Belle garniture de cheminée, en bronze doré, composée d'une pendule avec sujet allégorique : *le Char d'Apollon*, et deux candélabres à figures de femmes ailées, à trois lumières. Époque Empire.

50 — Paire de flambeaux, même style.

51 — Deux vases forme Médicis, de même style.

52 — Deux chenets en bronze doré représentant des levrettes couchées sur des socles à draperies.

53 — Pare-étincelles, porte-pelle et pincettes avec accessoires.

54 — Joli rouet ancien en bois sculpté.

55 — Quatre flambeaux en bronze doré.

56 — Pendule du temps de Louis XVI, en marbre blanc, avec groupe allégorique en bronze doré, représentant une nymphe et les amours.

57 — Deux flambeaux en marbre bleu turquin et bronze doré. Louis XVI.

58 — Deux bustes en bronze, sur socles en marbre garnis de bronze doré, de l'Empire.

59 — Buste de femme, en bronze, d'après *Marin* ; socle en marbre blanc cannelé.

60 — Cabaret en porcelaine de Saxe.

61 — Diverses pièces en faïences et en porcelaines décorées.

62 — Jolie harpe Louis XVI, en bois sculpté.

63 — Jeu de cymbales japonaises.

64 — Jardinière ronde en acajou, garnie de bronzes dorés de l'Empire.

65 — Console en bois sculpté et doré ; dessus en marbre.

66 — Jolie pendule forme lyre en bronze doré, sur socle en marbre blanc, et autre en marbre bleu turquin.

67 — Deux candélabres en bronze, formés par des statuettes de femmes, avec bouquets à trois lumières. Époque Louis XVI.

68 — Grande table à quatre faces, en bois noir ; dessus en marbre.

69 — Lustre en bronze orné de cristaux de l'Empire.

70 — Grand et beau tapis de la Savonnerie, riche dessin à rosace au centre, guirlandes de fleurs et semés de fleurs de lis.

TABLEAUX

L'ALBANE

(Attribué à)

71 — *Bacchanale d'enfants.*

BIGAME

72 — *Nature morte.*

BOURGUIGNON

(Genre de)

73 — *Bataille.*

BREUGHEL

(Genre de)

74 — *Le Paradis terrestre.*

BROUWER

(Attribué à)

75 — *Tabagie flamande.*

CAZES

76 — *Jésus chez Marthe et Marie.*

Signé.

CULVERHOUSE

77 — *Un Seigneur en costume Louis XIII.*

Signé.

DIAZ

(Genre de)

78 — *Femme et Enfant.*

DICHOTT

(L. M.)

79 — *Pâtres et Bestiaux.*

Signé.

DURIEUX

(VICTOR)

80 — *La Déclaration.*

Signé des monogrammes: V D.

FRANCK

81 — *La Tour de Babel.*

HUE

(CH.)

82 — *Les Musiciennes.*

HUE

(CH.)

83 — *Dame prenant le café.*

LENFANT DE METZ

84 — *Petite fille regardant un tableau.*

MACHY

(De)

85 — *Architecture et figure.*

MONNOYER

(Attribué à)

86 — *Fleurs et perroquet.*

PALAMÈDE

(Attribué à)

87 — *La Partie de cartes.*

PORBUS

(D'après)

88 — *Portrait d'Antoinette d'Orléans.*

POUSSIN

(Attribué à Nicolas)

89 — *Bacchanale.*

SALVATOR ROSA

(Attribué à)

90 — *Berger.*

SEGHERS

(Attribué à)

91 — *Vase de fleurs.*

VAN DYCK

92 — *La Vierge et l'Enfant.*

Signé.

VAN DE WELDE

(Attribué à ISAIE)

93 — *Combat de cavaliers.*

WOUWERMANN

(D'après)

94 — *Retour de la chasse.*

ZINK

95 — *Un Chat.*

Signé.

ZORG

96 — *Intérieur de cuisine.*

Daté de 1658 et signé des monogrammes.

ÉCOLE FRANÇAISE

97 — *Marine.*

ÉCOLE FRANÇAISE

98 — *Nature morte. Violon. Coquillages.*

ÉCOLE FRANÇAISE

99 — *La Sortie de bal.*

ÉCOLE FRANÇAISE

100 — *Léda au bain.*

ÉCOLE FRANÇAISE

101 — *Fleurs.*

ÉCOLE FRANÇAISE

102 — *Portrait de femme en costume Louis XVI.*

ÉCOLE FRANÇAISE

103 — *Sujet mythologique.*

ÉCOLE FLAMANDE

104 — *Femme endormie.*

ÉCOLE HOLLANDAISE

105 — *Plantes.*

Étude.

ÉCOLE HOLLANDAISE

106 — *Vache au pâturage.*

ÉCOLE HOLLANDAISE

107 — *Intérieur de cuisine.*

ÉCOLE ITALIENNE

108 — *Saint Jean.*

ÉCOLE ITALIENNE

109 — *Un Festin.*

GRANDE GALERIE

110 — Belle tapisserie en deux parties, représentant *Apollon et Daphné, Vénus et Adonis.* XVIIIe siècle.

111 — Six autres jolies tapisseries représentant des scènes champêtres à petits personnages dans de charmants paysages.

112 — Deux pentes en tapisserie, dite *Verdure.*

113 — Très belle lampe d'autel en cuivre repoussé. XVIe siècle.

114 — Belle pendule d'aspect monumental, en marqueterie de Boule richement ornée de bronzes dorés. Époque Louis XIV.

115 — Deux chenets, modèle aux sphinx en bronze doré. Époque Louis XIV.

116 — Paire de jolies girandoles en bronze garnies de cristaux. Style Louis XIV.

117 — Deux grands et beaux landiers en fer forgé avec boules en cuivre, traverse en fer et chenets, trépied, formant un ensemble de garniture de cheminée. XVIe siècle.

118 — Beau meuble à deux corps en bois sculpté. Style de la Renaissance.

119 — Joli meuble formant cabinet, en bois de noyer, orné de moulures saillantes. Louis XIII.

120 — Grande et belle table, à pieds tors avec traverse d'entre-jambes. XVIIe siècle.

121 — Paravent à quatre feuilles, représentant des peintures à sujets bibliques. XVIIe siècle.

122 — Guéridon en noyer sculpté, à dessus de marbre.

123 — Trois beaux fauteuils en noyer sculpté, couverts en velours grenat et médaillons en ancienne tapisserie au petit point.

124 — Deux jolis fauteuils en noyer, couverts en velours et anciennes tapisseries.

125 — Beau canapé et deux chaises couverts en tapisserie ancienne.

126 — Deux tables en noyer; dessus en marbre.

127 — Coffre en bois sculpté, offrant sur la façade des bas-reliefs à figures de faunes. XVIIe siècle.

128 — Deux fauteuils en bois sculpté, couverts de jolies tapisseries du temps de Louis XVI, représentant des allégories aux fables de La Fontaine.

129 — Lit de milieu, d'aspect monumental, en bois sculpté, avec baldaquin supporté par quatre colonnes. XVIIe siècle.

130 — Table de nuit de même style.

131 — Couvre-lit oriental.

132 — Carpette d'Orient, dessin polychrome.

133 — Quatre bannières en soie brodée à figures de saints. XVIIe siècle.

134 — Deux grandes vitrines à deux corps, forme rectangulaire, en bois, ornées de filets de cuivre, occupant les milieux de la galerie, et renfermant de nombreux objets de curiosité.

135 — Bougeoir en fer forgé. XVIe siècle.

136 — Tambourin d'Afrique.

137 — Moulin à café ancien.

138 — Mortier avec son pilon en cuivre. XVIe siècle.

139 — Deux bougeoirs anciens en fer.

140 — Coffret en bois orné d'incrustations de nacre. XVIIe siècle.

141 — Panneau de soufflet en bois sculpté. XVIe siècle.

142 — Huilier en faïence.

143 — Deux encriers en faïence.

144 — Rabot en bois sculpté. XVIIe siècle.

145 — Console en bois sculpté, ancienne.

146 — Paire de mouchettes en fer. XVIIe siècle.

147 — Grande serrure avec sa clef en fer. XVIe siècle.

148 — Groupe en biscuit : *Faune et Bacchante*, d'après Clodion, sur un socle en marbre griotte.

149 — Intéressante collection de coquillages.

150 — Collection de minéraux.

151 — Deux assiettes en ancienne faïence de Castelli : cadres dorés.

152 — Deux bustes en bronze : *Voltaire et Rousseau* ; socles en marbre rouge.

153 — Deux vases en spath fluor.

154 — Trois œufs en spath fluor.

155 — Plateau en porcelaine décorée d'un sujet d'après *Boucher*.

156 — Théière, bol et pot à crème en porcelaine décorée.

157 — Trois tasses, une soucoupe de Sèvres.

158 — Deux petits vases de Vienne, décor à rocailles.

159 — Deux soucoupes de Sèvres, décor : oiseaux, Encadrées.

160 — Théière et pot à crème, en pâte tendre.

161 — Diverses pièces de forme : tasses, théières, moutardiers de Saxe et d'Allemagne.

162 — Diverses pièces en verrerie ancienne.

163 — Plat de Savone, décor en relief.

164 — Plat de Delft, encadré.

165 — Soupière en faïence blanche à filets dorés.

166 — Divers instruments de musique.

167 — Charmant modèle de petit secrétaire de poupée en bois rose et marqueterie. Époque Louis XVI.

168 — Plat en faïence de Savone, décor bleu.

169 — Plat hispano-arabe à reflets métalliques.

170 — Coffret en bois incrusté de nacre et d'étain. XVIIe siècle.

171 — Reliquaire en verre de Venise.

172 — Diverses pièces en poterie antique.

173 — Narghilé oriental.

174 — Deux petits bas-reliefs sur ardoise.

175 — Trois autres sur albâtre.

176 — Joli groupe en ivoire : Saint Michel. XVIIe siècle.

177 — Neuf soucoupes en anciennes porcelaines de Saxe, Sèvres et autres fabriques.

178 — Quatre figures en biscuit.

179 — Trois tasses avec leurs soucoupes.

180 — Petit vase forme Médicis, en pâte tendre.

181 — Sucrier en pâte tendre.

182 — Assiette décorée représentant le portrait de Mme de Pompadour.

183 — Tasse à deux anses avec soucoupe de Sèvres, décor à figures.

184 — Quatre petits vases en porcelaine, pâte tendre de Villeroi, forme Médicis.

185 — Tasse de forme dite trembleuse, en porcelaine de Sèvres, pâte tendre, avec soucoupe en porcelaine à la reine.

186 — Quatre tasses avec soucoupes en porcelaine de Sèvres.

187 — Petit vase en pâte tendre, décor gros bleu, à médaillons.

188 — Deux théières en porcelaine de Sèvres.

189 — Petit groupe : le Baiser, d'après Houdon.

190 — Joli petit modèle de navire avec sa mâture et ses cordages.

191 — Vidrecome en argent repoussé. Travail allemand.

192 — Deux assiettes en argent repoussé.

193 — Quatre éventails anciens.

194 — Aumônière ancienne en velours.

195 — Montre en argent du temps de Louis XV.

196 — Boite ronde en filigrane.

197 — Boite rectangulaire en cuivre doré.

198 — Petite cassolette en or.

199 — Deux autres en argent.

200 — Deux bagues en argent.

201 — Deux tasses avec présentoirs en émail peint de la Chine.

202 — Collier en ambre.

203 — Deux boites en écaille.

204 — Crucifix en incrustation de nacre.

205 — Divers bijoux, croix, boucles de ceintures, colliers et pendants d'oreilles.

206 — Environ soixante pièces de monnaies et médailles en argent.

207 — Environ deux cents pièces de monnaies en cuivre et plomb.

208 — Cadre en bois noir renfermant quinze médailles de bronze : portraits de personnages historiques.

209 — Neuf silex taillés.

210 — Collection de minéraux et spécimens de marbres.

211 — Deux paires de petites balances anciennes, avec série de poids dans leurs écrins.

212 — Mortier en bronze avec son pilon ancien.

213 — Deux petites coupes forme coquilles et sirènes, en bronze.

214 — Deux petits compotiers de Chine, décor à personnages.

215 — Trois assiettes en faïence italienne. Cadres dorés.

216 — Trois assiettes genre Sèvres, décorées de fleurs et de fruits.

217 — Vase, décor à personnages sur fond rose.

218 — Cinq pièces de service à thé de Sèvres, au chiffre du roi Louis-Philippe.

219 — Pot à eau de Sèvres, décor fond bleu.

220 — Sucrier en pâte tendre de Mennecy, décor à fleurs.

221 — Trois pièces de Wedgwood, décor genre Japon.

222 — Quatre verres de Bohême gravés.

223 — Trente-six boutons de Wedgwood.

224 — Cinq pièces de service en porcelaine à la reine, de Sèvres et de Saxe.

225 — Quatre coquetiers de Mennecy.

226 — Deux tasses avec soucoupes du Japon.

227 — Narghilé en métal incrusté sur fond noir.

228 — Deux cruches de Delft. Monture étain.

229 — Bouteille à anses, décor bleu sur fond jaune.

230 — Deux gargoulettes en faïence italienne.

231 — Groupe de danseuses, en biscuit.

232 — Groupe en biscuit : Nymphe et Amour.

233 — Huilier en faïence avec burette en verre de Venise.

234 — Pot à eau avec cuvette en porcelaine décorée.

235 — Rouet et dévidoir anciens.

236 — Urne en ancienne faïence ornée d'anses.

237 — Diverses pièces en porcelaines de Chine, de Saxe et de Sèvres : tasses, soucoupes, encriers, bonbonnières.

238 — Pipe en écume de mer avec groupe sculpté, sur socle en marbre vert.

239 — Deux sabots en faïence.

240 — Trois soucoupes et deux bols en faïence italienne.

241 — Petite commode en faïence.

242 — Cinq assiettes en faïence italienne.

243 — Joli plat creux au centre, en faïence de Faenza, décor bleu à armoiries. XVIe siècle.

244 — Ménagère en faïence.

245 — Groupe en faïence.

246 — Vase forme urne en faïence, décor à fleurs.

247 — Sucrier en faïence de Rouen.

248 — Tasse trembleuse et six autres tasses en faïences diverses.

249 — Salière en émail de Saxe, XVIIIe siècle.

250 — Deux jolies statuettes : Vénus et Apollon, en ivoire ; sur socles en marbre jaune de Sienne.

251 — Quinze statuettes en ivoire représentant : la Vierge, l'Enfant, saint Vincent de Paul, saint Philippe et les apôtres.

252 — Calice en ivoire avec couvercle.

253 — Trois tasses de Sèvres, décor à bordures bleues.

254 — Deux tasses avec soucoupes en vieux Japon.

255 — Deux petits seaux, décor à fleurs.

256 — Quenouille en ivoire sculpté, travail d'une finesse remarquable.

257 — Huit pièces : bonbonnières et petits objets en ivoire.

258 — Bonbonnière en écaille ; monture argent.

259 — Montre Louis XV, en cuivre.

260 — Deux plaquettes en bronze, sujets en bas-relief.

261 — Lanterne du temps de Louis XV.

262 — Râpe à tabac en fer damasquiné.

263 — Pomme de canne en fer.

264 — Sept pièces : couteaux et fourchettes du XVIIe siècle.

265 — Couteau en fer à lame damasquinée.

266 — Deux clefs anciennes.

267 — Serrure ancienne.

268 — Figure en bronze.

269 — Deux cymbales rondes en fer.

270 — Poudrière en ivoire sculpté.

271 — Dévidoir ancien.

272 — Deux tridents anciens et une fourchette.

273 — Amorçoir formant clef.

274 — Divers objets en fer : marteau de porte, clefs, ciseaux, collier et cadenas.

275 — Deux serrures du XVIe siècle.

276 — Lampe en fer.

ARMES

277 — Beau bouclier en fer repoussé avec mascaron au centre. XVIe siècle.

278 — Armure en fer composée de la cuirasse avec épaulières et tassettes, casque à visière et épée. XVIe siècle.

279 — Deux jolies coulevrines anciennes, dont une montée sur son affût.

280 — Beau fauchard de parade en fer, gravé avec armes de Venise. XVIe siècle.

281 — Huit pièces : pertuisanes, hallebardes et piques. XVIe siècle.

282 — Cuirasse, casque et deux épaulières en fer finement gravé, rehaussé de dorures. XVIe siècle.

283 — Fer de hache ancien.

284 — Deux charmants petits modèles d'armes anciennes.

285 — Fusil du XVIIe siècle, bois de noyer incrusté de nacre et d'ivoire.

286 — Pistolet ancien, batterie à pierre, bois incrusté de fer.

287 — Trois instruments de torture en fer.

288 — Bouclier en fer gravé.

289 — Deux petits poignards anciens.

290 — Poudrière en ivoire sculpté.

291 — Deux poires à poudre anciennes.

292 — Collier de torture avec pointes en fer, XVe siècle.

293 — Paire d'éperons en fer doré, ornés d'incrustations d'argent.

294 — Jolie arquebuse italienne, bois incrusté de cuivre, d'ivoire et de nacre.

295 — Paire de pistolets à rouet avec batteries gravées à sujets de chasse, bois incrusté d'ivoire.

296 — Épaulière en fer gravé et doré.

297 — Casque en fer repoussé, décoré de mascarons et de fleurs de lis.

298 — Morion en fer gravé du XVIe siècle.

299 — Casque en fer à visière.

300 — Cabasset, forme côtelée en fer.

301 — Bouclier en fer, bords dentelés.

302 — Trois paires de pistolets anciens. (Sera divisé.)

303 — Deux pistolets à pierre, avec garniture en cuivre.

304 — Poignard oriental ancien.

305 — Deux sabres turcs avec leurs fourreaux.

306 — Six épées avec gardes en fer à branchages et à corbeilles.

307 — Paire d'éperons anciens.

308 — Poignards, couteaux, flèches et hache.

309 — Deux pistolets orientaux; montures damasquinées et garnitures d'argent niellé.

310 — Arquebuse à rouet, bois incrusté d'ivoire gravé.

311 — Deux étriers en fer anciens.

312 — Deux poires à poudre incrustées d'ivoire. XVIe siècle.

313 — Poire à poudre montée en argent niellé.

314 — Deux pistolets orientaux, l'un monté en argent, l'autre monté en cuivre.

315 — Six épées de cour du XVIIIe siècle.

316 — Poudrière en fer, ornée de cannelures. XVIe siècle.

317 — Poudrière en os gravé.

318 — Deux jolies épées avec gardes à coquilles.

319 — Fragment d'armure : avant-bras en fer.

320 — Gantelet en fer incomplet.

321 — Sept poignards de formes diverses.

322 — Épée à lame flamboyante avec poignée ornée de têtes fantastiques.

323 — Casque à visière formant figure, en fer.

324 — Casque oriental damasquiné avec couvre-nuque en cotte de mailles.

325 — Cabasset en fer.

326 — Deux épées avec gardes en fer. XVIe siècle.

327 — Fusil à pierre avec crosse ornée d'arabesques en ivoire.

328 — Fusil à rouet; monture ornée d'une plaquette d'ivoire gravé. XVIIe siècle.

329 — Deux brassards orientaux en fer damasquiné d'or.

330 — Deux masses d'armes en fer.

331 — Pistolet à rouet, canon gravé, batterie ciselée, garniture en cuivre doré.

332 — Pistolet à rouet, orné d'incrustations d'ivoire.

333 — Bouclier en fer gravé.

334 — Deux pistolets anciens à pierre.

335 — Deux épées avec gardes en fer du XVIIIe siècle.

336 — Main gauche avec garde en fer.

337 — Deux pistolets anciens, crosses sculptées, garnitures en argent.

338 — Sabre oriental avec fourreau en galuchat.

339 — Poignard persan.

340 — Petit pulvérin.

341 — Poudrière en os gravé.

342 — Grande épée à deux mains à lame flamboyante.

343 — Rondache en bois laqué avec ornements en cuivre.

344 — Arbalète, deux arcs, vingt-trois flèches et javelots. (Sera divisé.)

345 — Trompe de chasse en corne sculptée.

346 — Langue-de-bœuf avec son fourreau.

347 — Casse-tête, flissah et armes sauvages. (Sera divisé.)

SALLE A MANGER

348 — Grand et beau meuble à corps en bois sculpté, dessin à ornements et encadrements du temps de Louis XV.

349 — Beau meuble à deux corps en noyer sculpté, richement décoré d'ornements et de motifs variés en bas-relief. XVIe siècle.

350 — Beau meuble en noyer sculpté avec fronton et orné de sujets se détachant en haut-relief. XVIe siècle.

351 — Beau meuble-cabinet en bois sculpté, orné de groupes et de figurines se détachant en ronde bosse avec intérieur d'aspect architectural. Posant sur une table. Fin XVIe siècle.

352 — Belle stalle avec dossier à fronton orné de sculptures en bas-relief. XVIe siècle.

353 — Beau lustre de style flamand, à huit lumières.

354 — Miroir avec cadre en bois sculpté, représentant un buveur transvasant du vin, des trophées et emblèmes allégoriques ornés de deux appliques en bronze.

355 — Très grande table de noyer sculpté. Style XVIe siècle.

356 — Dix-huit chaises en noyer, couvertes en cuir gaufré.

357 — Coffret en marqueterie de bois.

358 — Glace avec cadre à fronton en bois noir, orné de cuivre repoussé. Style Louis XIII.

359 — Pendule en marqueterie de cuivre sur fond d'écaille garni de bronze. Époque Louis XIV.

360 — Deux moulins à café anciens.

361 — Deux lanternes anciennes.

362 — Deux boites à sel.

363 — Joli bandeau de cheminée en ancienne tapisserie, à petits personnages.

364 — Deux grands landiers. Style XVIe siècle.

365 — Quatre autres landiers plus petits, dont deux en fer et deux en fonte.

366 — Pelle, pincettes et accessoires de foyer.

367 — Deux bassinoires en cuivre. Louis XIII.

368 — Chaudron en cuivre repoussé. Louis XIII.

369 — Crémaillère en fer.

370 — Grande marmite en cuivre martelé et gravé.

371 — Pendule de forme dite religieuse, en marqueterie de cuivre.

372 — Torchère en bois sculpté.

373 — Trois décorations de croisées, composées de six rideaux de reps vert avec lambrequins ; tapisserie anciennes à personnages et fleurs.

374 — Sept consoles d'applique en bois sculpté à têtes de femmes et têtes de lions. (Sera divisé.)

375 — Trois belles potiches avec couvercles, en ancienne porcelaine du Japon, décor polychrome.

376 — Paire de cornes de taureau romain, montés sur un mascaron chimérique.

377 — Deux beaux vases de forme sphérique, en faïence d'Urbino. XVIe siècle.

378 — Vase à goulot en faïence de Castelli. XVIIe siècle.

379 — Jardinière en faïence italienne.

380 — Deux grands plats en faïence de Castelli, représentant : l'un la Sainte Famille, et l'autre les Divinités de l'Olympe.

381 — Six jolies petites assiettes en ancienne faïence de Castelli ; cadres en bois noir.

382 — Coupe en faïence italienne.

383 — Pichet en faïence italienne.

384 — Quatre jolis plats en ancienne faïence d'Urbino, décor à sujets bibliques ; cadres en bois noir.

385 — Bassin en faïence d'Urbino, représentant une Lapidation. XVIe siècle.

386 — Deux plats en faïence de Castelli. XVIIe siècle. Cadres en bois noir et or.

387 — Bénitier en faïence italienne, décor en relief.

388 — Vase en faïence italienne, décor polychrome.

389 — Coupe en faïence de Castelli, décor paysage. XVIIe siècle.

390 — Plat en faïence italienne, décor à scène enfantine.

391 — Six plats ronds anciens, en faïence italienne, décor varié.

392 — Trente-deux assiettes françaises et hollandaises de diverses fabriques, décors variés. (Sera divisé.)

393 — Deux plaques de faïence de Delft, décor polychrome. XVIIIe siècle.

394 — Belle fontaine en faïence de Rouen, avec bassin, décor polychrome.

395 — Vingt-neuf assiettes, faïence française et hollandaise, décors variés. (Sera divisé.)

396 — Plaque octogonale en faïence de Delft.

397 — Dix-huit pièces : plats, assiettes et saladiers en faïence française et hollandaise. (Sera divisé.)

398 — Cinquante-cinq pièces de forme en faïence de diverses fabriques françaises et hollandaises. (Sera divisé.)

399 — Grand plat rond en faïence, décoré d'une chasse au cerf.

400 — Deux pots à tabac en porcelaine du Japon.

401 — Deux buires en faïence marocaine.

402 — Huit plats ronds en ancienne porcelaine de Chine et du Japon.

403 — Huit plateaux et corbeilles de faïence française.

404 — Vingt pièces : saucières, burettes, pichets et compotiers de diverses fabriques françaises.

405 — Deux appliques en cuivre repoussé à trois lumières.

406 — Plat en étain.

407 — Bougeoir et applique en cuivre.

408 — Petite bassinoire en cuivre.

409 — Deux plaques en faïence du Midi, décor paysage et encadrées d'ornements rocailles.

ESCALIER CONDUISANT AU DEUXIÈME ÉTAGE

410 — Belle tapisserie de Bruxelles, représentant une allégorie aux sciences; composition de plusieurs personnages avec bordure à figures, fleurs et oiseaux.

411 — Jolie tapisserie ancienne, représentant des personnages admirant un médaillon de femmes entourées de fleurs.

412 — Jolie tapisserie, représentant un paysage avec berger et troupeau près d'un moulin. Époque Louis XVI.

MEUBLES ET OBJETS D'ART ANCIENS

DEUXIÈME ÉTAGE

413 — Commode en bois rose et marqueterie. Époque Louis XVI

414 — Pendule en marbre blanc et bronze avec sujet : Xérès. Époque Louis XVI.

415 — Deux candélabres en marbre rouge avec cariatides en bronze et bouquets à quatre lumières.

416 — Deux flambeaux en bronze doré.

417 — Glace ancienne avec encadrement en bois doré.

418 — Bureau plat en bois rose, orné de bronze. Style Louis XV.

419 — Pendule en biscuit : Sujet mythologique.

420 — Deux groupes en biscuit : les Baisers d'Houdon.

421 — Paire de candélabres Louis XVI, en marbre blanc et bronze, à figures d'amours.

422 — Paire de flambeaux forme trépieds en marbre et bronze.

423 — Devant de feu en bronze, modèle au lion. Style Louis XVI.

424 — Tableau en broderie de soie, représentant la Vierge et l'Enfant.

425 — Deux tableaux en tapisserie, sujets religieux. Cadres en bois noir guilloché.

426 — Baromètre en bois sculpté. Époque Louis XVI.

427 — Petite glace avec cadre en bois sculpté à fronton. Époque Louis XVI.

428 — Glace biseautée avec cadre en cuivre.

429 — Statuette couchée : Vénus endormie, en marbre.

430 — Deux flambeaux en bronze poli à cannelures.

431 — Lit de repos en bois sculpté avec baldaquin.

432 — Paravent à six feuilles en bois peint.

433 — Coffre en bois sculpté de style gothique.

434 — Collection d'environ cent cinquante oiseaux naturalisés.

435 — Deux jolies miniatures : portraits de Marie-Louise et de Napoléon Ier, par Isabey.

436 — Peinture sur porcelaine : portrait d'Arabe.

437 — Miniature : portrait de Rachel. Signé *Appert.*

438 — Miniature : portrait de jeune femme coiffée d'un madras.

439 — Miniature : portrait de magistrat. Signé *Roblot.*

440 — Gouache représentant le char de Vénus.

441 — Petite pendule à colonnes, ornée de bronzes du temps de Louis XVI.

442 — Deux petits flambeaux forme trépieds en bronze.

443 — Deux groupes en marbre blanc de femmes couchées.

444 — Console Louis XVI en acajou et dessus en marbre blanc.

445 — Petite commode en bois rose, ornée de bronze doré ; dessus de marbre.

446 — Pendule du temps de Louis XVI, en marbre blanc, ornée de bronze doré.

447 — Deux flambeaux en bronze, modèle à cariatides.

448 — Paire de candélabres du temps de l'Empire, modèle à cariatides et à trois lumières.

449 — Bas-relief en marbre blanc : tête d'actrice.

450 — Commode Louis XV, garnie de bronze doré ; dessus en marbre.

451 — Bureau cylindre en acajou, du temps de Louis XVI.

MOBILIER MODERNE

452 — Ameublement de salons, de chambres à coucher, de cabinets de toilette, de cabinets de travail, d'antichambres, en palissandre, acajou et noyer. (Sera divisé.)

453 — Meubles courants de cuisine, office et chambres de domestiques. (Sera divisé.)

VENTE APRÈS DÉCÈS

Les Dimanche 23, Lundi 24 et Mardi 25 Mai 1886

COLLECTION VALLÉE

CARTE D'INVITATION

AUX EXPOSITIONS PARTICULIÈRES

DES

Dimanche 16 et Jeudi 20 Mai 1886, de 1 heure à 5 heures.

AU CHATEAU DE BOUFFÉMONT

Par ERMONT (Seine-et-Oise).

TRÈS BEAU MOBILIER. OBJETS D'ART

TABLEAUX — TAPISSERIES

Me A. QUÉRIOT
Notaire à Écouen.

M. A. BLOCHE
Expert à Paris, 23, rue Chauchat.

Paris — Imprimerie de l'Art, E. Ménard et J. Augry, 41, rue de la Victoire

www.ingramcontent.com/pod-product-compliance
Ingram Content Group UK Ltd.
Pitfield, Milton Keynes, MK11 3LW, UK
UKHW021023180726
13838UKWH00004B/1614

9 782329 436418